Niveau 1

Colibri
l'ami des DYS

VICTOR L'INVENTEUR

Agnès de Lestrade • Céline Chevrel

Belin

Colibri

★ Une collection sur-mesure pour les DYS

- Colibri est une collection de lecture pour les DYS. Ses histoires ont été imaginées par des **auteurs de littérature jeunesse**, qui ont suivi les recommandations de l'équipe pédagogique et scientifique.
- Pour **faciliter la lecture du texte**, une grande attention a été portée à la lisibilité de la typographie, à l'espacement des lettres, des mots et des lignes.
- Pour **réduire la fatigue visuelle**, les livres sont imprimés sur du papier blanc cassé.

★ Des ouvrages pour progresser en lecture

- Pour aider le lecteur à mieux décoder les **graphèmes** (lettre(s) transcrivant un son), Colibri propose **4 niveaux de progression.**
- Les **niveaux** 1 **et** 2 sont composés de 2 histoires courtes qui comportent des graphèmes simples et fréquents de la langue française ; les **niveaux** 3 **et** 4 sont de petits romans qui comportent des graphèmes complexes.

★ Une approche pédagogique innovante

- Dans chaque histoire, un **graphème spécifique** est travaillé, afin de renforcer, par la répétition, la **fluidité** de la lecture et les compétences en **orthographe**.
- **Des activités d'échauffement** (p. 6-7 et p. 22-23) permettent de s'entraîner à lire le graphème pour préparer la lecture. **Un quiz** (p. 36-37) invite à vérifier la compréhension du texte.

★ Des histoires pour découvrir le plaisir de lire

Sous la direction scientifique de **Christiane Soum-Favaro** et de **Mélanie Jucla**, maîtres de conférences, assistées de **Clara Solier**, doctorante, Département des sciences du langage de l'Université Toulouse 2-Jean Jaurès.

Sous la direction pédagogique de **Caroline Delattre**, directrice d'une école élémentaire adaptée aux troubles de l'apprentissage DYS et administrée par l'asociation Système DYS.

colibri.editions-belin.com

Loi 49-956 du 16 juillet 1949 sur les publications destinées à la jeunesse • © Éditions Belin 2016 • ISBN 978-2-410-00140-2

Sommaire

L'aspirateur à pleurs

ENTRAÎNE-TOI

À LIRE

Je lis des syllabes

1 *Lis chaque syllabe à voix haute.*

ra	re	ri	ro	ru

2 *Lis ces syllabes de plus en plus vite.*

Je lis des mots

3 *Lis chaque mot à voix haute.*

rose	rêve	rien
jour	peur	manoir

4 *Trouve 5 mots commençant par la lettre* **r**.

Je lis des phrases

5 ***Lis chaque phrase à voix haute.***

Victor est un inventeur rêveur.

Le petit bricoleur a chassé
le malheur.

L'aspirateur de Victor a disparu
du hangar.

6 ***Relis chaque phrase en tapant du pied quand tu entends le son r écrit r.***

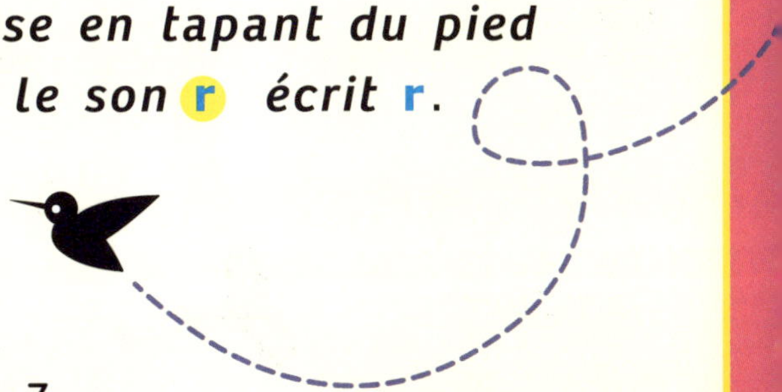

Victor

L'aspirateur à pleurs

Victor est un grand rêveur. Il vit dans un beau manoir. Du matin au soir, il invente toutes sortes de machines incroyables. Des machines pour embellir la vie et faire plaisir à ses amis. Car Victor a un cœur grand comme le soleil !

Dans son hangar, on trouve des clous, des boulons, des moteurs, de la ficelle. Mais aussi des graines de rêve, des étoiles filantes, des fils de soie.

Un jour, le petit bricoleur a inventé un aspirateur à pleurs. Victor est très fier de son invention : quand quelqu'un a un chagrin, l'aspirateur avale les larmes : et hop, le sourire est de retour !

Grâce à Victor, il n'y a plus de malheur dans son village, juste du bonheur. Quand il se promène dans la rue, seule la bonne humeur règne.

Un matin, Victor se réveille en sueur. Depuis plusieurs jours, la pluie ne tombe plus. Il fait si chaud que les champs sont secs et que les fruits et les légumes piquent du nez. Le petit inventeur prend une bonne douche froide et file dans son hangar. Là, stupeur ! Son aspirateur a disparu !

Il fouille son manoir, farfouille dans son hangar. Rien ! Victor est au désespoir : le malheur risque de revenir : il doit retrouver son aspirateur au plus vite !

Aussitôt, il décide de mener l'enquête. Il se rend chez Nour. Peut-être son amie pourra-t-elle l'aider ?

– Bonjour Nour, tu n'as pas pris mon aspirateur à pleurs pour guérir ta peur du noir ?
– Non, désolée, répond Nour. Tu fais erreur. Et tu sais, grâce à mes amis les vers luisants, je n'ai plus peur du tout !

Plein d'espoir, Victor va voir Hector le coiffeur.

– Bonjour Hector, tu n'as pas vu mon aspirateur à pleurs ?

– Non, répond Hector en cherchant parmi les peignoirs et les rasoirs.

Voici que Salim l'aviateur passe par là, son casque en cuir sous le bras :

– Bonjour Salim, tu n'as pas vu mon aspirateur à pleurs ?

– Non, répond Salim. Je viens juste de me poser et je n'ai rien vu dans les airs.

Au marché, Victor se rend chez Babou le pêcheur :

– Bonjour Babou, tu n'as pas vu mon aspirateur à pleurs ?

– Non, répond Babou. Je reviens de la pêche et je n'ai rien remarqué dans la mer. Mais peut-être que les poissons s'en sont fait une maison…

Dans la rue, Victor croise Rémi le chanteur :

– Bonjour Rémi, sais-tu qui a volé mon aspirateur à pleurs ?

– Non, répond Rémi. Mais ce n'est sûrement pas un de mes spectateurs.

Un peu après, Victor passe devant chez Myriam, la marchande de fleurs.

– Bonjour Myriam, as-tu rencontré quelqu'un avec mon aspirateur à pleurs ?

– Euh… non, répond Myriam en devenant aussi rouge que ses jolies roses rouges.

– Quel cauchemar ! dit Victor en poussant un soupir. Je suis épuisé. Est-ce que je peux m'asseoir un instant ?

– Bien sûr, répond Myriam, gênée.

Mais voilà qu'un reflet argenté attire l'œil de Victor. Il regarde dans la réserve de fleurs. Et là, dans un recoin, à côté d'un arrosoir, il reconnaît son aspirateur !

– Pardon, Victor ! sanglote Myriam.
Mais il n'a pas plu depuis si longtemps !
J'avais besoin de l'eau des pleurs pour arroser mes pauvres fleurs…
Et Myriam se met à pleurer comme une fontaine.

– Rassure-toi, dit Victor avec douceur. Je ne dirai rien à personne. Mais s'il te plaît, rends-moi mon aspirateur. Je vais te fabriquer un grand réservoir pour récolter l'eau de pluie. Comme ça, tes fleurs auront toujours de belles couleurs.

– Merci, Victor, tu es un amour ! Et pour me faire pardonner, je t'offre un beau bouquet de pois de senteur !

Grâce à l'aspirateur du petit bricoleur, Myriam retrouve bien vite le sourire. Et Victor se remet aussitôt au travail pour offrir à ses amis toujours plus de bonheur !

Victor est amoureux

ENTRAÎNE-TOI

À LIRE

Je lis des syllabes

1 *Lis chaque syllabe à voix haute.*

ca	ma	pa	ra	sa

2 *Lis ces syllabes de plus en plus vite.*

Je lis des mots

3 *Lis chaque mot à voix haute.*

amour	armure	atelier
acacia	bégonia	pyjama

4 *Trouve 5 mots commençant par la lettre* **a**.

Je lis des phrases

5 ***Lis chaque phrase à voix haute.***

Assama a une robe abricot
et des yeux azur.

Victor fabrique une alouette
mécanique.

Assama adore les machines
de Victor.

6 ***Relis chaque phrase en tapant du pied quand tu entends le son a écrit a.***

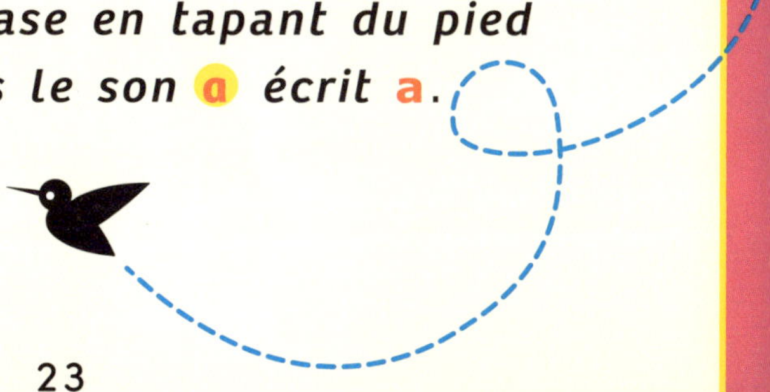

Victor est amoureux

Un beau jour d'avril, une jeune fille arrive au village de Victor. Elle a des yeux couleur azur et un sourire adorable. Dans sa robe couleur abricot, elle a fière allure. Dès que Victor l'aperçoit, son petit cœur s'affole.

– Bonjour, je m'appelle Assama. Et toi ?
Victor aimerait répondre. Mais Assama est tellement belle ! Il est incapable d'articuler un mot et se sauve chez lui.

Assama s'installe dans une vieille maison abandonnée, juste à côté du manoir de Victor. Elle arrache les acacias, plante de jolies anémones, arrange les ardoises du toit et chasse les araignées.

Pendant ce temps, Victor essaie de lire son livre préféré. Mais rien n'y fait. Il pense sans arrêt à Assama. Dès qu'il ferme les yeux, son sourire apparaît.

Les jours passent. L'amour ressemble d'abord à une petite allergie. Et elle devient vite une véritable maladie. Victor perd l'appétit. Amaigri, il n'arrive plus à inventer la moindre machine.

Un soir, Assama s'assoit dans un transat pour contempler les astres dans la nuit. Victor approche sur la pointe des pieds. Oh, elle s'est assoupie ! Il la regarde, attendri.

Victor réfléchit : « Les filles adorent les robes : je vais lui coudre la plus belle robe du monde. Peut-être qu'elle deviendra mon amie ! »
Il file dans son atelier et coud toute la nuit. Mais, au matin, ce n'est pas une robe qu'il a dans les mains, c'est une armure de chevalier !

« Les filles adorent les fleurs, se dit Victor, je vais lui fabriquer une jolie machine à bégonias. Ce sont mes fleurs préférées. »
Hélas ! Ce ne sont pas des bégonias qui poussent, mais des artichauts !

« Les filles adorent les animaux, songe Victor. Je vais lui offrir une alouette mécanique. »

Mais c'est un alligator aux dents acérées qui apparaît !

Quelle avalanche de catastrophes !

Attristé, le petit inventeur abandonne, se met en pyjama et se cache sous sa couette.
Pendant trois jours, il ne veut voir personne. Il ferme les yeux et essaie d'oublier Assama et ses yeux azur.

Un après-midi, on frappe à sa porte.
C'est son ami Amédé.
– Victor, tu n'as pas oublié le grand bal de ce soir, j'espère ? Assama y sera.

À ces mots, le cœur de Victor bondit.
Le petit inventeur saute de son lit et file dans son atelier.

Avec application, il met dans une nouvelle machine des algues de toutes les couleurs, des mots doux et un anneau de mariage.
Et il s'en va avec sa petite machine serrée contre son cœur.

Quand Victor arrive au bal, il y a de la musique, des bougies allumées, des gâteaux aux amandes. Il aperçoit Assama, habillée d'un magnifique manteau en astrakan.

Victor est prêt à actionner sa petite machine à amour. Mais Assama dit :

– J'adore les armures, les artichauts et les alligators !

– Mais mais, bredouille Victor, comment tu… sais ?

– Je t'ai espionné, accroupie dans l'herbe, pendant que tu travaillais dans ton atelier. Tu es l'inventeur le plus doué que j'ai jamais vu ! Tu voudrais bien me construire un bateau pour traverser l'océan Atlantique avec moi ?

Et Assama attrape Victor par la main. Ensemble, ils dansent et tournoient.

Le petit inventeur sourit : il n'a plus besoin de sa petite machine à amour. Parce que l'Amour vient d'atterrir juste là, sous ses pas.

À TOI DE JOUER

Ton défi quiz

1 ***Quelle machine de Victor fait disparaître le malheur ?***

- La machine à bégonias.
- L'aspirateur à pleurs.
- L'alouette mécanique.

2 ***Pourquoi Myriam a-t-elle volé cette machine ?***

- Pour arroser ses fleurs.
- Pour nettoyer sa boutique.
- Pour arrêter de pleurer.

3 *Victor réussit-il toutes ses inventions pour Assama ?*

- Oui.
- Non, car il est mauvais bricoleur.
- Non, car l'amour le rend maladroit.

4 *Qu'adore Assama ?*

- Les robes, les fleurs et les animaux.
- Les armures, les artichauts et les alligators.
- Les robes, les alouettes et les bégonias.

5 *Et toi ? Si tu avais été à la place de Victor, qu'aurais-tu fait pour qu'Assama devienne ton amie ?*

À TOI DE JOUER

Ton avis de lecteur

Bonjour, cher lecteur ! Et si tu me disais ce que tu as pensé de mon histoire ?

Agnès de Lestrade

Tu as aimé l'aventure de Victor ?

- Un peu
- Beaucoup
- Passionnément
- À la folie !

Ton personnage préféré, c'est...

Ton passage favori, c'est quand...

- Victor console Myriam avec son aspirateur à pleurs.
- Victor invente sa petite machine à amour.
- Assama demande à Victor de traverser l'océan Atlantique avec elle.

RÉPONSES *Ton défi quiz*

1. L'aspirateur à pleurs.
2. Pour arroser ses fleurs.
3. Non, car l'amour le rend maladroit.
4. Les armures, les artichauts et les alligators.

Colibri
l'ami des DYS